无法在
一首诗里陶醉

——米成洲诗集

米成洲 著

作家出版社

作者简介：

米成洲，又名米石子，高级工程师，中国作家协会会员，中国诗歌学会会员。二十世纪八十年代开始发表作品，其作品散见于省级以上报刊、杂志及网络，曾发表短篇小说《异情》《借贷》《阿拉丁神灯》《私生女》《儿童的战争》等。著有诗集《颤动的风》《流火》《十二个女人》《从黎明出发》《突围》《米成洲诗选》《诗路》《诗雨漫天》《灵魂边沿》《远方的远方》，长篇小说《灵魂草》。

博客：http://blog.sina.com.cn/u/1289958691

微博：http://weibo.com/u/1289958691?source=blog

序：

感性地走着，理性地活着

将"无法在一首诗里陶醉"作为本诗集的书名也是本书编辑宋辰辰为我选定的，在此，向她表示感谢！

无法打开自己
无法在一首诗里陶醉
天空雾霾，灰色的音符
一次呼吸
一声哀叹

初读《无法在一首诗里陶醉》，从字面感觉到那浓浓的诗意以外，还隐隐感觉到诗里透出的感慨。大千世界，茫茫人海，我们无不是在感性地走着，走向远方，走向未知，我们的生活除了选择浪漫，还是要理性地活着。

本来，人活着是一件简单而单纯的事，但遭遇社会、自然的复杂及多变——作为尘埃单分子的每个人，既要面对突如其来的事件又要平静健康地生活，这就使每个人无不面临选择，选择淘汰或是顺应潮流地前进？坦坦荡荡地生活或是畏畏缩缩地混世？看似简单的生存就变得繁杂，无止境地寻觅、探求，面对错综复杂的社会，要清晰，要正确地往前走……

毋庸置疑，生活需要物质，更需要精神。如果一个世界物欲横流，那么这个世界即将崩溃、沦陷、倒退，直至灭亡。诗作为文学的一部分，就是为情感、就是对社会内核剖析做出正确判断宣泄发声的文体，严肃、神圣、崇高。每一个诗者都不能辜负，不能亵渎。因此诗人的使命感尤为重要，我们有感而发写诗除了宣泄自己的情感，很多方面所代表的不仅仅是个人！

因此，活着不仅仅是单纯与简单，在复杂之中理出简单不容易！在物欲横流的社会中做好自己不简单！无法在一首诗里陶醉——真的不能陶醉，真的不能朦胧，真的不能恍惚。

二十多年前走出国门时，自己还是一个涉世未深的青年，那时的眼光仍单纯地停留在咏颂《白杨礼赞》的抒情上，以新奇平静的态度看待与我们一样发展的国家，人人知足，社会平和。有时，也以羡慕的目光正视那些富裕发达的国家，但还是以平常心慰藉自己的思绪，一如既往地热爱生养自己的祖国。而今，喧嚣声中，不知不觉将近一万个日日夜夜瞬息而过。

是岁月苍老了年轮或是身心疲惫了感知？总之，思想、主义、宗教、信仰都是精神的产物，为谁而用那都是事在人为，我们为自己而活，与他人共患难共存亡。哲学是理性的学说，其唯物而辩证，在生活的同时，我们无时无处不在哲学之中，所以，我们的诗歌在抑扬顿挫的婉约或亢奋之中也离不开哲学，我们是感性的符号，也是理性的因子。

上世纪八九十年代，国内很多人选择了出国，不惜打着留学的旗号在国外餐馆洗碗拖地板，甚至在殡仪馆帮工为逝者美容、火化。前时，我去葡萄牙、西班牙旅游十几天，其间深有感触。八九十年代出去的那些人而今虽然不再打工，靠积蓄开设的餐馆也仅相当于我们的中等城市里的二三流饭店，刚去那里做工的人说还不如国内。这就是现状！这就是那时人们不安分的浮躁结果!

　　而今，我们的国家正处于发展之中，市场繁荣，人心向善。社会有其弊端，这就需要每一个国民的努力、进取、提高。我们是诗者，也是游弋于文字的歌者，我们感性地走着，更要理性地活着……

　　为诗烂漫，为人民而歌。

　　一盏灯，一缕光的尺度
　　一个人，一个黎明的缩影
　　风在吹
　　过去，将来，一个诗者在行走

米成洲

2017 年 9 月 14 日

目 录
CONTENTS

冲　动

今日，我比高铁冲动
我想冲出窗外，驾驭那绿火
摇曳开满花朵的玉米
给白杨，给她
唱哀歌

四季之火，熊熊燃烧
被火吞没的世界，仿佛又成远古
抑郁中飞转的年轮，长河中悬浮的太阳
眺望，远方生机无限
驻足，困顿的自我

风雨中哀歌萧萧，洪峰中滚石失落
村落，城镇，高人，矮人
智者对峙，愚者惭愧
故土依旧，苍天茫茫

哎呀，飞驰的列车要去哪儿？
黑夜即将降临
远方的远方是极大的空洞
苍穹的苍穹是伟大的陷阱

冲动，我要奔往暗夜
粮食与酒，食品似药
呼吸吧！深呼吸
梦是虚幻的影子
梦还是巨人

2016年7月31日于郑州至北京的高铁上

假若我倒下

假若我倒下，我还有呼伦贝尔
还有青草，还有天空
牛羊是我的点缀
任凭鹰撒野
我要在清馨中呼吸

流云是城池放纵的信仰
今日有它
我枕着太阳入眠
明日无它
我只能在阴沟里度过

呼伦贝尔，一个靓丽的情人
我不能以花朵簇拥
也不能给你以关怀
我拥有你的时间短暂
想你的时间久远

为了你的脆弱，我甘愿
在你火烈的日子停留
你宽阔使我活着

你悲情使我难堪

牛羊成群，骏马奔腾
忘了草原，也就忘了浩渺的湛蓝
草为水而生，土为草而活
别离达莱湖，也就别离了想象

2016年8月2日于内蒙呼伦贝尔新巴尔虎右旗

起火了

起火了，草原经不住这样的热浪
满洲里与俄罗斯搭肩
国门敞开，车水马龙

人，南来北往
骑马，烧烤
望境外，血膨胀
曲身，与草窃窃私语

起火了，火是草原之神
火能驱寒，火能赶走虎豹
然而今日，人们沉浸在热浪
热浪要将人的私欲撕毁

云属于天堂，湛蓝属于热望
夕阳在疲惫时西下
张开双臂，心已淹没
肢体置异处，烈风在原野飘荡

旅行，犹如漂泊
希望在浴火里，在苍穹下烈炼

驾云远行，寻魔，觅仙
孑身是尘，化身是灵

抬头火熊熊，转身凄凉
追逐，释怀，放大
剪断草原的结
继续往北，方向朝南

2016年8月3日于呼伦贝尔满洲里

沧桑之树

风起，下雨，我终于知道
苍穹有一片，不虚无，不浮华
那是沧桑之树

走吧，去世外看看
一股风，追赶潮流
一场雨，往返感伤

还是做最劣的打算吧
孤独的人与孤独一起
寂寞的人与寂寞一起

一旦饮酒，就想起粮食
一旦颓废，就想起责任
一旦消亡，就想起神圣

起风了，还没有准备
下雨了，还没有出发
活着，是为了续写死亡

有一天，离开了酒

有一天，释放了自己
是前往还是倒退？

走吧！走吧，到时空一转
我们不乏为己
也不乏为光明

我们有器官
有的属于自己
有的还不知道归处

2016 年 8 月 6 日

空气透明

空气透明
透得能看到你的心底
你的心底长满了杂草、花朵
季节轮回，杂草丛生
花朵徐徐开放

这一世你走遍世界
白云飘逸
词语遮掩不住蔚蓝
风刀划不开穹顶下沉寂的幽梦

九千亩玫瑰为你的隐私而来
今世有你
今世有解不完的结

呼唤你，因为世界就要疯狂
拥抱你，需要多大魔力才能将你降服？
笑吧，风能吹开你的胸怀
哭吧，你的容颜马上就要消退

世界混沌，再没有虚幻

再没有诱人的隐秘

窗棂，凉台，月光下的玫瑰

大厦，天空，耀眼的日辉

你在一处，马尾草、蒲公英纷纷迁徙

花朵不是花朵

玫瑰无须嫁人

你欲飘飞

光有预言，风絮叨

尘与尘开始窃窃私语

2016年8月8日于郑州至海口的航班上

大　海

大海是黑夜的襁褓
每到夜晚，哪怕炎热
男女老少来到海边
看星星，弄风戏水

赶上七夕，卖花姑娘手捧玫瑰
口吐妙言，一句一声哥
一笑一个月牙

卖花啦，卖花啦
大海起浪，像音符
灯火鼓动黑夜掀起波澜

大海是子夜的呼吸
一旦波浪滔天
人们离去
海就关起大门

大海是黎明的前奏
一旦海滩起舞
一群一群的海鸥飞翔

天就会发出巨响

如今，大海裸露
蓝天布满沧桑
雨一茬一茬地下
在海上，云不走，人们重拾往事

2016年8月9日于海口

火 山

有一天，大海学会了张望
人开始浮躁
火山死在平静里
我和你一样，在奔丧的路上

神话不复存在
死而复生的信仰又抬头
岛上起风
雨下很大

野树林，乱石堆
果子熟了，一茬接一茬
诱来猴子
诱来北来南往的人

在火山坟头
我和你一样，点香许愿
一边把心放大
一边想着去海上漂泊

2016年8月11日于海口

无 形

无形的花罩在脸上
肆意的芳香浸入心房
灵魂，有时圆，有时方

我是绿叶上的雨露
一边舞蹈
一边欢唱

我是依附在枝条上的白雪
一边感动
一边徜徉

果去叶落
我依偎的秋天像个梦
我托付的冬天布满白霜

寄托是一本厚重的情感
踏青寻觅
燃烧奔放

灵魂草，流淌河

丰满，富庶，干燥
人去，天老地荒

2016 年 8 月 24 日

表 达

用语言表达，不知要撬动多少张嘴
呼吸生疏，视力麻木

花有磁性，能放电
能示爱，能作弄人

用嘴表达，皮肉是倾慕者
有时胀心，有时忘乎所以

时空的文字，像摇篮，荡摇着
秋天荡秋千，春天放风筝

一种人，对花痴迷
时而放纵，时而将自己出卖

一种人，不问结果
只管养胃，只管行走

蝴蝶是花的追随者，一不小心
做了风神，成了童话

赏花，树人
封禁嘴巴，舍弃缥缈

2016 年 8 月 25 日

黄 昏

日子像敌人，穷追不舍
过一天，释放一颗子弹
有时连梭，有时是虚放

黑是夜的绊脚石
搬不开石头，梦一直压着
石头碎了，梦也跑了

村子的黄昏像面镜子
风一吹就倒
幸福从黄昏后开始

在火红的夕阳里，返乡探亲
最美的场景是拉住母亲的手，握了又握
最悲凉的时刻是立在父亲的坟头，缄默无语

东风去了，西风又来
不知道说黎明的好还是黄昏的好
日子像杆秤，又像试金石

冬去春来，总有说不出的苦与甜

夏天做完燃烧的功课

秋天又开始捕获，耕种

2016年8月27日

和泥土一样

是风化，是淬火般的铸造
使生命碎骨，铸就了时光

草与木，伴就黑黄
成长，和泥土一样

月夜，婉约的光与微微的风
光天下，朴素的泥土，在浓烈里激荡

上帝向大地发出旨意，雪白如剑
上帝对自然脉脉用情，万物不再沮丧

生命钟里的孤独如同顽石
潮水般的思念如同海浪

这多难的河谷，悲凉的大地
那是中原的症结，那是我死里逃生的见证

喊一声吧，能否再回到过去？
号哭，能否将曾经的失忆唤回？

炼狱中的玫瑰，那是太阳神赐予的母性
涤荡中的磐石，那是龙王给予的雄魂

中原，亘古时就有的美名
你的皮肉是高山的血脉
你的灵魂是激荡的河水

中原的血肉，泥土中的一木
长夜，时空，生是土，死是泥

从遥远的无知中来，带上孤独与寂寞
我要到死亡的河水旁，凭吊，祈祷

2016 年 8 月 28 日

菊 花

菊花是秋天的一道风景
秋风来了，落叶搭起戏台
没有观众，菊花成了奢侈品

枯叶有说话的权利
然而，它实在无力，就地驻守
风口就在眼前

听够了唠叨，城市不容第二风景
老人走来，一边打扫旧事
一边安抚新伤

村庄的树都去了远方
村子里却留下遗憾
老娘像枯叶，依旧贴着墙角

走到哪便有秋风伴随
越过山岗
又见菊花盛开

2016年8月28日

千万亩花丛都是火

树倒，一个灵魂驾鹤西归
千万亩花丛都是火
昨日你前行
一千年之后你是行走的神

泥土在歌唱
芳香在默哀
秋天阴沉，中原降雪
大地起风，尘埃激荡

诗的前行者，死亡是路过
千万张纸里的微笑，隐喻，震撼
跳动的诗文，一路前行
诗者幸福，继往开来

沉默，幽思
唱响中原的响器
在时代的节奏，敲敲打打
爆竹不再，哀思凄厉

幻河是前奏，响器

是不瞑目的号角，吹吹打打
柔和的风里，再入枪林弹雨
高歌，畅想，祭奠，不灭

2016年9月4日于成都，为当代诗人马新朝辞世而作

升 华

本来，我是一只虫子，在无知中生活
因为爬动，我触到了风
触到了文明

于是，我从地面跃起，追赶蛾子
我弱小，不能逃离肮脏
但我的魂是空气
一会儿摇曳
一会儿欢喜

草连着我根部，它有四季
我有想不到的土壤

不跟风，不跟潮流
流连，忘返
一旦从故土出走
我依然去流浪

2016 年 9 月 5 日于成都

她 乡

她乡有山，有水
寂寞的时候想她

她在远方，远方的远方是天际
她在诗里，诗广阔，诗无际

竹海，峡谷，一条幽静之路
通往虚无，通往胜境

细雨蒙蒙，云雾缭绕
心被打湿，无数个声音被淹没

踏一步不知深浅，前方无求
前方有道，前方有佛

环顾四方，山水重叠
望天空，天高云浓

走在云里，想回家的路
走走停停，想没完没了的情缘

2016年9月6日于宜宾竹海风景区

墨 溪

墨溪聆水声，
滔滔逆水上。
苍穹细雨下，
竹海又起浪。

2016年9月6日于宜宾竹海风景区

无 非

无非你在远处，听到了鸟鸣虫动
日伴光阴，花开花落。夜伴静谧，入梦

你出走迈动脚步，怕伤情，怕迷失
你简单，像水像雾又像风

家如蚕蛹，封闭而绝世
破茧，需要勇气

富庶中的你呀，酒是胃的朋友
感官是情人，肉体是放纵

做善良的仆人，难以割舍权欲
做邪恶的随从，难以放下自尊

门像利剑，把持着道德、欲望
走出这道门难啊，你在尘世，你在炼狱

像黑夜一样沉静，像白日一样火烈
这时，不得不向上帝低头，不得不与自然言和生死离别，你有什么嘱托？
背负与释放，仅仅一念之差

行动吧，从单纯开始
笑着应对，哭着奔放

2016年9月14日

幽深之处

幽深之处，再不见月儿
月儿像歌女，像幽灵

风刮走了云儿，云儿无骨
尊严无魂，礼无形体

乘风，似乎看到了云端
霓虹是残梦，是惆怅

走吧，走吧，古画正飘落
雨降临，角落被忽视

深秋像钢锯，锯暗夜，锯幽魂
汉子与歌女，无言以对

拨开迷雾，处处是墙
从暗夜走出的王子，不惧风，不惧诱惑

风瑟瑟，雨淅淅。月儿啊，黑暗过后
又是黎明，又是黄昏

2016 年 9 月 14 日

花 儿

其实，花里的人已经远去
月儿圆，花儿正开
靓丽不为风景
有情人偷偷在流泪

赶在日月前头
花儿又开，不为艳丽
落叶也是风景
哭的时候，有风伴奏

雨冲开情殇，蕊粉淋漓
蝴蝶远行。孤草
依偎着故土，风不停
云儿摇曳

早恋的中秋仍为憧憬
赏月，品茗
相思，远虑
月里的人啊，风里的影

其实，花里的人就在眼前

月儿圆，花儿即逝
一旦出走，岁月稀碎
想念如风

2016 年 9 月 16 日

月 儿

十五月儿十六圆，
秋黄叶落飞流年。
昔日溪水潺潺流，
往事一去不复返。
每逢佳节品茗香，
恬静之中幽思念。
入城奔波沐喧嚣，
唯至清静悟月圆。

2016 年 9 月 16 于西四环企业公园

匆 匆

来不及向昨天告别，来不及
在行走的路上驻足、回味
时间，匆匆

风景在影子里荡漾，历史被城镇凝固
一路一路，踩着死亡，踩着惊悚的虚幻
草木是草木，笔长成大树

从何说起，时间穿越一个又一个国度
树与年轮，时间的疤痕在穿越中长结
生命与涅槃，无以言表的长河

来不及诉说，远方的远方是光明
是昏暗，是一望无际的荒芜
生在出走的路上，生在活着的影子里

从那里来，是站着去或是趴着回？
过往演绎的时光，不单单是哲学
黑暗正以毁灭的速度在环宇上演

驻足吧！再回首！回望一辈子

沉沦是简单的符号
前行将爆发剧烈的疼痛

无所不往，无望而归
追求不再单一，幸福是复数
匆匆又匆匆，静止是巨大的感叹

2016 年 9 月 21 日于昆明

一盏灯的尺度

夜，在飞翔的瞳孔里放大
过去，锁进了梦境
未来，已经延伸，在镜子中打碎

一盏灯的尺度是一个人的心扉
滴血的烛光，祈祷的香火
点燃云烟，寰尘袅袅

轻轻走动，触疼了甜梦
暗夜幽深，落叶、碎尘挤进角落
最惧怕的现实在隐约的光影中挪动

泛滥的红尘在经受磨砺
霓虹、私欲正缓缓低落
秋天成为童话，冬天成为虚幻

用神诠释唯物，粉碎腐朽
大厦与苍穹始终保持距离
可怜的月儿啊，深邃之处的玄奥

一盏灯，一缕光的尺度

一个人，一个黎明的缩影

风在吹

过去，将来，一个诗者在行走

2016年9月22日于云南红河州

深秋，去飞翔

深秋，去飞翔。梦里的天国
有酒，有彩虹

于人海，我修成干涩，心如石头
血如汩汩的河流

情怀被撕扯。我流浪，从喧嚣到静寂
从寂静到一条断裂河流的咆哮

攀登山，撷彩虹，从一个童话到另一个
童话。云不走，我不去

在自然中缠绵，我有草的诉求
与日月同行，与大树一起孤独

深秋，在凉爽里，向草木致敬
去天国，去酒乡漂泊

飞翔，飞翔，去虚幻的天国。天国有自然的
恬静，天国有无数条从天而降的怒涛

2016年9月23日于贵州安顺

随　感

踏遍青山无一路，
风光独有幽静处。
触风涉水等云散，
不妨依山铸孤独。

2016年9月24日于荔波小七孔

远方，纯粹

九月，去远方
远方的远方寂静，纯粹
在小七孔，太阳落进了水里
碧波起涟漪，诗起浪

幽静的山林不能唱酒歌
在这里，酒诗化，情被冲走

可怜的水啊，可怜的小蝴蝶
我内心的汹涌，怎能承受那柔弱？

山，悲壮；林，坚强
此时，远方再没有这么纯粹，远方是我的

远方是我前世的遗失，远方在歌唱
远方在抑郁，远方在滴血

哭吧，那从天而降的汹涌向谁昭示？
笑是上帝的热潮，奔流是善良对腐朽的控诉

远方在呼唤，诗在行走

一次一次地奔赴，洗礼

为虚化祭奠，为生命写真
远方在延伸，灵魂已诗化

远方不是唯一，不是童话
太阳在行走，我在远方，在诗里

2016 年 9 月 25 日于贵阳

你是我拉长的影子

做梦能想到，你是我拉长的影子
过往在心头，时光断断续续
回望昨日，你是我青春的情殇

在飞驰的时空，没有你就没有白云
雾霾之上，我看到了你沧桑的面容
你像树，我像摇曳的枯枝

在时间长河，孤独幸福而高尚
山像一座孤独的恋人
你不去，我不走

在广袤的大地，寂寞安详而纯净
草无名而久远。你是我疼痛的因子
你不灭，我不死

在生的路上，静止无欲而纯洁
河流奔腾，那是你对喧嚣的怒吼
爱在恬静中孕育，你出生，我啼哭

为奢华祭奠，为生欢呼

日日做梦，一世为你。你是我拉长的
影子，你不逝，我永驻

2016 年 9 月 26 日

那年月

那年月，女人是一堵墙
碰了，男人的心会碎

那年月，女人是水
刮风，男人的泪会不停地流

那年月，男人是土包子
有太阳，漫山遍野都是花

那年月，男人是行走的火
日寒，热度总在她怀中

岁月忘记男人，而对于她
只要上心，男人一辈子都像奴隶

岁月像女人，一旦舍弃
风能站立，树会走动

如今，男女是玻璃
触金，断裂，粉碎

2016 年 9 月 26 日

河 边

河边，鱼发臭，垂钓的人
眼睛放光，光的远方像墓场
鱼是嬉戏的诱饵，找乐趣
水也许能放生

高楼，堵车，人无处可去
鱼在水里，人在陆地
太阳的微笑短暂。姐妹们
睁大眸子，前方依然暗淡

河边，烧烤的鱼不能复活
兄弟们涉水，满目杀气
水没有矫情，只有黄色的私语
只有低沉的哀叹

滩地，杂草，浮尘，黑烟
河水平静，天空流云
潜入河底的鱼
混入空中的浊浪

到哪里，哪里有结石

秋天有伴，深秋无语
在风里，不视潮流
赶赴雨汛，赶赴一场轰轰烈烈的巨变

2016年10月8日

缩 影

每个角落，都是世界的缩影
艺术家的胡须不再挺拔
女星们稍动声色
一样将世界吼翻

看啊，不足一米高的讲台的承重
哗啦啦流水般的课练
视野里的白墙，坚硬，乏味
寂寞的无花果，孤独的小白杨

白衣天使沉重的头颅啊！
那一件件被忘在脑后的祈祷
那一条条像锁链一样的钢针
宽恕罪恶的上帝你在哪里？

高楼，瀑布一样的高楼
你倾注的怒水将流往何方？
昙花一现的风景
蜂拥而至的浪潮

每个角落，都是世界的缩影

那流动的浊云，尘起的旋涡
从一座城池到另一座城池
从你的沉默到我的隐痛

2016年10月14日

潜 入

浅浅的进入，如针扎
疼在心里，美得如雪

黑，不明不白地坠落
白，像摇摆中的一杆秤

终有说不清的物事
倾覆是快乐的开始

独上高楼，幸福像断头台
驶入平地，崇高也许就是死亡

死亡从遗忘开始
潜入的轻重不能用爱权衡

起来吧，距子夜还有一刻钟
到黑白中去，死活能呈现白露

时空真静，影子里的人如画
天地都是假设，从天堂到地狱

歇斯底里的感情，时而像风
时而像一棵参天大树

2016 年 10 月 15 日

为了谁，非要重走？

为了谁，非要重走？
淡忘的花朵芬艳
留下树，还能瞻望季节
留下根，还能联想

兄弟是姊妹的臂膀
失恋没有得失
过去的河都是过往
没走的路在远方

征服是角斗士的视野
天上有云，地上有霜
唯有爱，断臂，无饥肠
留下坟茔，直到死灰复燃

为了你，不必奔走
你是死灰里的白骨
每当想你，你成黄土
总见野花开放

为了你，将希望打结

攀树，在风头瞭望
山顶有仙，有生命之水
打坐，不图而归

2016年10月15日

远古的我

又一次相遇，远古的我
立在原野，庄严，肃穆

说好今日再见，你在暗处
不愿现身，却愿在雨天受辱

我的出现也许是你哀伤的开始
怨我恨我是你的初衷？

百年一遭，千年一回
几世的恩怨正在风化

苍天是我的手写
自然是你的活化石

你怀揣的轻重只有你知道
不想为你抒情，无法为你遮掩

走近你，我仿佛走进了远古
离开你，我撕心裂肺

那次，我遇到的是石头
这次，我遭遇的是疼痛

2016年10月17日于云南石林

秋天，有一条暗河

秋，倒在夕阳里
有一条暗河，脉脉流动

橘黄，卷走了沉重的包袱
那落日，就要沉睡

呼啸，不是中原的习性
沉醉中的人工河，呼吸着，唱着

听贝多芬的交响曲，沿着堤岸
梦游，无休无止地走

秋，穿过暗夜。想起昔日
想起第一次的殷红

你是干净的，你是我几十年的痛
而今，你发出的哀叹，一直在流

秋，汩汩在流。我看到了一条暗河
触到了五彩缤纷的音律

暗河，有时高亢
有时像一只蚊虫发出的颤音

走着走着，你在角落里消失
而我，依然艰难地活着

2016 年 10 月 19 日

神 话

每天都有神话

神话是藤

神话是泡沫

在神话里，不吃不喝

有一信念

信念里挂灯

染上时代病

猛然会觉得高楼是步履踩下的脚印

地平线也会成沼泽

雨天感到膨胀

雪天感到寂寞

唯有多云不知不觉

杜撰故事，编制神话

灵摇摇摆摆

物事无可奈何

生死是神道

活着，有逾越的一天
亦有葬送的一日

2016 年 10 月 21 日

魔

我是魔，潜伏在世界的每个角落
虽不施法
但能把世界看穿

我不施法
是因为大山阻拦
我只能活在当下

我有无数个理由声讨
但我没有载体
也没有驱邪的法器

神说：快回到我的身边
魔说：无须解释
无须为世界申辩

世界是一个圆
有时发怵
有时困惑

我不是魔

也不是神的影子

我能杜撰，也能将世界粉碎

2016 年 10 月 23 日

床头，那书

床头，那书
像女人，像花瓶
又像一块墓铭志

纸页打开，心能游走
鬼能说话
幽灵起死回生

文字唤起活着的悲欢
古能纵情
今能将世界颠覆

阅读如食药
一日入毒
终日复生

床头，那书，像一扇窗
隐隐能听到脚步
隐隐会感到耳鸣

有她做伴，也许视野开阔

也许心封闭。游走江湖
总有一条绳，牵着，困着

入梦，无眠
想风起云涌，花开花落
夜恍惚，又沉静

情人，你在哪里？
谁在呼吸？
谁在默默镌刻那块墓铭志？

2016 年 10 月 27 日

看着你舞蹈

看着你，看着你舞蹈
芭蕾？探戈？拉丁？街舞？
你是舞者，你是随风起舞的微尘

床戏，家丑，绯闻
选择哪个，哪个就会刷屏
一个小丑，一个老道的掘金者

舞蹈，肢体的节奏
灵在行走，魂在落魄
艺术已变节

你在表演哪种舞蹈？
风尘中，唯你独尊？
靠贱卖，靠脸皮

你是舞者，看不懂你的舞步
你会舞上架桥
你会舞上掘金

你在舞蹈，树已扭曲

风很大，树梢落地
雨飘摇，水流不止

无声的语言，无声的控诉
老者矍铄，幼者无知
动起来，那自我陶醉的广场舞啊?!

垃圾已漂白，又能如何?
大妈陶醉于广场舞
青春与房舍正一起燃烧

2016 年 10 月 28 日

多雨的季节

多雨的季节，我抑制不住
食酒后，我回到了故乡
回到了与你初吻的地方

你躺在原野，像个孩子
受着疾苦，面带羞涩
你流泪，不是为我

你说：我走后，你不孤独
我是你走失的心
我是你释放的风筝

我说：离开你，我是一片云
起风时，我围着你卷起旋涡
下雨时，我陪着你流泪

多雨的季节，你赤裸内心
你说我是迟到的羔羊
我说你是无情的女子

下雨了，也许这是巧合

你是我当初失恋的叶子
我是你曾经厌恶的浮尘

多雨的季节想你
想你想到过冬
想你想到死亡

2016 年 10 月 31 日

花 期

谁在幸福里高声喧哗?
我钟爱的玫瑰,冷嘲后
逃过了花期

秋将逝,冬走来
蜜蜂与我隐身
菊花在最后留守

夜来香,我畸形的孩子
天寒夜长,你孤苦伶仃
怎么度过?

浑浑噩噩,迷惑的香气
黑白颠倒,歇斯底里
一日复一日,一时复一时

罂粟花,女人泪
针针见血,滴滴有毒
梦幻之夜,混沌之昼

十字街头正上演一场舞台剧

我不是演员

但已身临其中

2016 年 10 月 31 日

面 纱

面纱，五颜六色
曾经的奢望，淡化的记忆

面纱，无论遮着蒙着
那都是我不愿看到的现实

揭开，露出我稚嫩的童真
一次一次的遮掩，也不能把我的苦痛抹去

过往，像流水，一次伤口愈合
又一次伤口复发

感恩土地的施舍
曾经的贫穷，也是我曾经的财富

回望，眼前飘浮的粉红纱，那是她的音容
也是我不愿提起的羞赧

想起那间草屋，想起那用岁月铺筑的老墙
我又回到往事，回到母亲温暖的襁褓

2016年11月6日

偷渡者

偷渡者，从心穿过
愉悦，悲凉

暗夜，有巨大的包袱
与星月一起，行走，飘浮

寂静中，有一鸿沟。空虚打破
隔空喊话，隔空传情

坦白隐私，一切茫然
空洞，寂寥，不可逾越

子夜过后，也许心情出塞
打开出口，一道暗光显现

生命，像暗夜里的流星
活着，和呼吸一样

爱没有分寸，颠覆一个人
从动静，从口到一滴血

在漫漫长夜，无助的失眠
梦改变了意境，一颗心腾云驾雾

闭眼，一个活泼的灵魂淹没
睁眼，又是一个苍穹

2016年11月6日

立 冬

敲开冬门，我想
冬外的你
能否回来？

雨水不能分离的日子
也是苦痛的日子
你只顾忙碌，忘了抒情与做爱

很多时候，我帮你回忆
一边打理事物
一边把新账旧账扔掉

很多时候，我的出走
纷扰了你的思绪。你的固守
不是为我，也不是为你

你像花儿一样，蓬勃时忘乎所以
欣赏你的人在远方
在你颓废时，还是我在你身旁

今年，不知你死了几次

你在愉悦中快活，在愉悦中死去
你说你喜欢死去活来的感受

你适应零度以上的温度
立冬了，纵情的日子已去
冰刀正朝你飞来

不想你回来
怕你接受洗礼
怕你会得到报应

2016年11月8日

嘴 唇

田野到处是我裸露的嘴唇
看到天空，我想
我的幸福马上就会来到

在田野，我看到了我的初恋
石头是个长不大的孩子
每当想你，石头总不离开我

你顽皮得像棵蒲公英
我远走
你就四处乱飞

想你了，想你成为黄土
土地发热
你就把酥胸裸露

一旦触你，不但你心动
我也会战栗
而且浑身会发出声响

我走了，寒冷就要降临

请不要等我，只要你痴情
你一定会找到最爱

田野到处是我撒播的遗憾
只要你坚持
我依然会回来

2016 年 11 月 11 日

红 河

欲的红河，有瀑布，有深渊
过河的人照常过河
寻死的人犹豫不决

过了河，是刀山
远处有景，无望
寻死的人逃离欲海

街市，通货膨胀
只要有一口气
不择手段，抢占先机

为生抗争，无须主义、学说
越过死亡底线就是希望
哪怕人鬼交替

夜市，遍地玫瑰沦陷
歌舞升平，阴盛阳衰
血染出异样的风采

风里，驶来的魔张牙舞爪

雨里，无力的棍棒仍在敲打
雪，恰在深夜寂静时袭来

黎明，有人看到僵死的红河
红河里有魔，还有
一道耀眼的光

2016 年 11 月 11 日

起风了

还没下雪，就闻到了你的气息
起风了，那是咽喉的前奏
尽管你还在白云里漂泊
透过那轻纱般的蔚蓝
终于看到你现身

你缓缓的步履，踏进了严冬
这一刻，就像是使命
你为了田野里还没有着被的孩子
你为了都市中迷失的人们
你为了匍匐在冰凉的土地上行进的皈依的虔诚

那长长的风，掠过了失恋、低迷
阳光深沉而厚重，无论怎么行进
在雾霾中呼吸，活得庄严、严肃
日子非尘埃，飘落不定
岁月如歌、如诗、如一张即将素描的白纸

起风了，风温柔，犀利
薄雾之刃，再也掩饰不住压抑与粗犷
光的低落，无不倾情倾诉
田野起浪，那些不能直腰的孩子啊

无语的草，你能为死活代言？

起风了，那远方的土腥味由远而近
仿佛上帝走来。离不开亲情的胸怀
又走进母亲的襁褓。母亲的血
流进嘴里，流进了腹腔
浑身剧烈不安，躁动，疼痛

起风了，风像匕首
心的绞痛，仿佛在死亡线挣扎
黎明虽然冲出了抑郁的子夜
朝阳的隐痛还在延续
正午看不清七彩，夜晚上演蒙太奇

起风了，风里有一股寒流
寒霜已逃不过去，咒语从天而降
一拨一拨的警句接踵而至
全世界都在直白，声讨
你颤巍巍的手，撬着僵躯，赶着雪驴
大地肃静……

2016年11月15日

雪花，音符

雪，像音符，漫天飞舞
童话，从天而降，遍地是诗
长空撕裂，灵在歌舞
寂静中的喧嚣，寂寞中的舞蹈

今日，上帝造访
水被灵魂捕获，万物闭目
今日，城池异常平静
物和事一样，色欲不再癫狂

围城，天眼顿开
人物，高低，贵贱
窗外，冷冻的心像秤砣
窗内，孤独的灵魂在颤抖

舞在雪中，歌在消融
盛衰，虚幻，空白
读到冰凉，想到了飞舞
那人，那兽，那行走的尸骨

歌在诗里，黑在白里

迈步，迟钝，感伤
世界像一粒雪，从实到虚
从浮华到沉重，从流逝到消亡

穹顶之下，开遍了白花
朵朵低垂，粒粒如钢针
远方的人，回来吧！
雪要冻结，冰要融化

2016年11月22日，雪夜

向雪告别

请允许我向雪告别
别了，雪
我一痛再痛的风骨

死亡是可怕的
不愿看到你躺在地上被人一再蹂躏的情景
谁说你是风景？

地平线有你染红的血
你孤独地思考
难道就是为了今日的寂寞？

你走吧！走吧！
请允许我不要为你抒情
我是你的孩子，我是你的骨肉

风吹后，矗立你的壮举
你不是母亲
你是母亲撒播的一根稻草

一根稻草难以表达雪的疼痛

今日向你告别
今日向你祈祷

雪，我风骨里弥漫的血
今日我顿首，今日我发誓：
不做鬼！不做鬼的奴隶！

2016 年 11 月 27 日

魔 舞

夜，唱起反调
魔舞妖娆，美颜起色
入梦魇，说鬼话
腰不直也能编纂
白花，妖舞
黑里透紫的冷笑

密布星云，寒风凛冽
没有出口的胡同
风头，有雪结冰
断断续续的光撩起心悸
一阵欢喜，一阵惆怅
弯弯曲曲的道路

黑与白一夜起伏
小小的世界，冷漠的天空
色，欲，荒唐的人生
一缕烛光，消化一缕烟雾
纵情，如狮豹，如猪
如一根孤独飘零的稻草

霓虹灯里，群魔乱舞
唱情歌，想起失恋
跳起舞蹈，飘飘欲仙
喝酒，说酒话
喷火，腾云驾雾
朦胧中，想爬起，想站立

过了暗夜，还是寒冬
雪是黎明的骨肉
如果太阳温情
雪依然清柔
如果太阳毒辣
也许还会有一场暴雪

2016 年 11 月 27 日

无法在一首诗里陶醉

无法打开自己
无法在一首诗里陶醉
天空雾霾，灰色的音符
一次呼吸
一声哀叹

车轮扭着时空，抛弃着微尘
人性浓缩，爱处于明暗之中
为了繁衍，
万物争宠
一切都在振动

上下左右，无法控制的情感
轻狂，抑郁，无以言表的沉默
梦是奢侈品，空灵了肉体
物事不再沉重
辟谷，祈祷

冲动，周而复始
放大微观，缩小世界
在速度中行进，男女为欲碰撞

行为是艺术
也是巨大的灾难

潮流是敞开的广场
静止与奔放，活着无法控制
去天际呼吸，游说
在风雨中张狂，满满都是悲愤
满满都是伤痛

2016年12月4日

在风口

在风口
你不是在等冬天
你在等城池里走失的母亲
你想把她送进春天

雪融进风里
风里的路成为雕塑
只要村子不消失
你不会将自己变卖

雪在心里，一住就是一辈子
可含在口里的冰凉你始终不吐
你说咽进肚里就会忘记
你想把它当成孩子

回乡的路漫长
看到黄土你像看到了坟墓
村内有狗在
你就有念想

风口是母亲的眼睛

只要有树，有庄稼
母亲一天不离开
你就会回去

风是母亲的守望
有风就有念想
走进风里
也就走进了母亲的心怀

2016 年 12 月 5 日

也许我就是那根羽毛

断断续续，零零落落
也许我是天上掉下的一根羽毛
我想说：暴风雨就要来了
我要去哪？

雨的黄昏粗狂
走进去就是枪林弹雨
我是纸的碎骨
谁让我做雕塑的粉泥？

风抬举我，是因为我无边无际
在荒野，我不是绿林
尽管还有繁星
那不是我闭目的理由

有几只鸟就有几个灵魂
我是青涩的遐想
只要世间还有生机
我毅然去奔赴

日子矗立，光是碎片

有喘息的地方有我
我是昨天
我是那根飘零的羽毛

陨石,快击中我的头颅!
不然,我会成为粪土
我想留在瞬间的光里
我想和风一起飘逸

2016 年 12 月 11 日

在黑里

在黑里，风在蠕动
管不住的孩子
和我一样

兄弟掏心，一说就是一夜
姊妹拘谨，说的都是梦话
我在夜里，一直被黑桎梏

夜真长，兄弟们在黑里走着
姊妹们还在恍惚
我想让风把我带走

风像利剑，兄弟在前头
姊妹被挟持
我边走边喊

冬天像老人
它有赤心
但无力将我们呵护

去田野吧

那里的麦子与我们同命相连
它们能过冬，我们就能走出去

2016年12月15日

霜

黎明，冬门启开
遍地是花
草儿无影

重复，循环
冷寒消解着耐力
遍地都是无花果

远处，蒲公英像卧倒的孩子
一步一呻吟
一步一昂头

无意展开的白纸
寂寞伴霜
丧钟在微风中敲响

雪源于悲凉
源于庄严的祭奠
下雪了，雪驶入幻化

在黎明后感触

太阳驶入囹圄
大地不能回春

北风呼啸
飞沙走石
这一世的清白哦

回来吧！
除非倔强，除非地上不留遗恨
一路风尘，再行走！

2016 年 12 月 16 日

雨　雪

雪雨交融
一滴联想
一片感伤

落地的红尘，流着
被踩，被污水冲走
遍地是空缺

树萧条，枝杈上的鸟巢悬于空中
说童话的是雪
发牢骚的是流水

雾天，期望不高
只要能看到鸟
只要能想起童谣

雨缠绵，光线恍惚
如果有念想
田野就会跳动

遗失雪

也就遗失了童话
只要有飞鸟，清澈还会回来

雨雪交融，思想浑浊
水流露
雪发出誓言

2016 年 12 月 27 日

夜 海

夜，海翻腾
墨黑，深邃
炼狱中的月儿
压抑，激愤

浪花汹涌，黑色狂怒
涡流，狂风
仿佛世界末日
预料之中的第六感觉

不能安抚的海平面
此时，素写徒劳
行为不可预测
一场昭示未来的风暴

夜臭腥，不能消融的妩媚
狂野的黑玫瑰，穿街走巷
迷失的霓虹灯
海在咆哮，天在诅咒

子夜过后，巫师出没

法术从天而降
一场愤怒的大火
从天亮烧到暗夜

这欲海啊
这歇斯底里的狂躁
如果有群魔，那将是灾难
那将是灵与肉的厮杀

夜海
遭受劫难的场景
也许今天不会出现
也许明天就会发生

2016 年 12 月 27 日

还不想走进去

门虚掩
夜打开
还不想走进去

如果真的要走
还是避开缠绵
轻松地前往

一扇门打开
另一扇门关闭
窗棂距心很近

走出去
一辈子飘逸
想回来，却发现原地有颗锈钉

一生没有假设
真切是风雨过后的化石
虚无是空空的感叹

如果有来生

忧虑是一条蜿蜒的长河
不想面对的是虚幻

假若所有的想象关闭
就做一块石头
在自然中磨砺

也许无来世
就做一粒黄土
静静地守望

走出去想回来
在原地，无休止地祈祷
到墓穴，死去活来

2016 年 12 月 29 日

夜，醉了

夜，醉了
灯红酒绿的情感
放飞
这是我的表达

红尘中
我狂躁的心啊
放飞
我究竟去哪儿？

夜，醉了
我想说
我想饮酒
我想躺在子夜的怀抱

声乐响起
那是我灵的跳跃
任何时候
我与世界一起响应

跳吧，雀跃

唱吧，振情

这就是天堂

这就是你我幸福的时刻

2016年12月29日夜，于北京某朝鲜酒店

渡

和风一样

每天刮起微尘

相遇，邂逅，微笑，无语

在这无人告知的世界，一切在振动

唯有一种声音无律，蠕动，疼痛

这声音清纯

这声音缄默至窒息

犹如行人，犹如一位孤独者

在茫茫人海

节日是节制自我的时刻

酒，唤起了睡梦

佳肴，撑得欲望无处躲藏

活着，只需空气

明了基因的世界

生命是万物的组合体

在世的一日，是存在的象征

闭目，一切不再真实

犹如活体，犹如一个亡灵

我们模糊地行走
倒不如对自我做个了断
要么坚韧地跋涉
要么对一切失忆

2016 年 12 月 31 日

谁让我流泪

女人压我
男人压我
我挣脱的是灵魂

我用的
和不用的
是金钱

让我流泪
和不让我流泪的
是母亲

我悄悄站起
撑起了骨的誓言

我悄然落下
遗忘了生的本质

从流泪起
我开始预言

从开始发声
到豪言终止

谁让我流泪？
谁让我牺牲？

我仅有的单纯
在风雨中化为尘埃
我仅有的血肉
在沧桑中渐渐腐化

谁让我流泪？
我就去大海倾诉
谁让我牺牲？
我就去高山眺望

2017 年 1 月 1 日

真

和白骨一样
真得坚硬
不再挑剔活着的过失

扎根是土地的结
无视粪土
有时也会丢失生的养分

和白骨一样
万年沧桑亦为化石
清风亦为风骨

打开窗是一道文明
关闭门困顿住一排肋骨
现实如锁链

短暂是无限的缩写
有生的时间有机会怕死
无死无畏惧

和白骨一样

声音如铁
行为亦能铸钢

2017年1月1日

黑天鹅

黎明，一只黑天鹅在云中上升
灰暗与雾霾，虚伪与无常
仿佛一同涌来
羽翼隐去，鸟鸣幽沉

风后，怒潮般的黑水
瀑布般地打向黑天鹅
那只微弱的黑天鹅
迷蒙着双眸试想托起我

雷鸣，震酥了神经
此时，苏醒、爬起需要多大气力
那只气喘吁吁的黑天鹅
它正由灰暗变向惨白

一场风暴似乎过去
陨落的秋天和枯叶一样
角落属于贫者
属于一簇忘我的"贵族"

天放晴，似乎是风的作用

此时，龟缩在阴暗里的黑天鹅
它扑棱着羽翼
正朝天上飞

天鹅与我经历了黑的沐浴
此时，我想对天鹅说
我想对蓝天说
我想对雾霾说

天空是神圣的
有生的时光
远方注视着我
我注视着远方

2017 年 1 月 2 日

从你的全世界路过

如一棵含羞草
如一棵肆意走动的蒲公英
如长满一地的荆棘
从你的全世界路过

阡陌，狭窄，宽阔
从一个世界到另一个世界
陌生，邂逅，相遇
有时，季节像垂危的小草
有时，季节像一轮红红的日出

在磨砺中升华，在沧桑中成熟
灵如潮水，肉体由萌芽到腐败
从你的全世界路过
经历短暂，认知漫长

你是一组漂浮不定的文字
任由情感组合
风里，你像快意的诗句
雨里，你婉约又奔放

世界龌龊，你像一面镜子
世界明清，你犹如鬼蜮
光阴静悄悄，年轮飞驰
无的放矢，无知疯跑

从你的全世界路过
风景，灾难，还有没有敲开的境界
花是季节的特写
草是叙述不完的故事

从你的全世界路过
静止，卧倒
穿越沼泽、湖泊
从一个梦到另一个梦
从一段时光到另一段时光

2017 年 1 月 5 日

天 道

天道，时宽时窄
一个拓宽马路的人
有时像风筝
有时像爬虫

一日，马路筑到天上
我与骏马一起飞奔
一会儿成了童话
一会儿成了风尘

我像童话里的鸟
一日三食
说鸟语
做鸟事

我像一粒不守戒律的风尘
飘飘然
抛起
又落下

2017 年 1 月 14 日

我是浪人，住在海上

海上，有间木屋
我是浪人，住在海上

海的高度是我的心跳
黄昏、星星是我的患友

风里，黄昏里的少年与我共舞
浪里，我点燃了星星

与风浪做爱，即将诞生白昼
与星辰嬉戏，山爬升了高度

梦是木屋的倒影
我漂浮着，荡漾着

一日患难，有一日的幸福
海啸后，我还活着

海上，有间木屋
我是浪人，住在海上

2017 年 1 月 14 日

解开胸扣

解开胸扣，敞开胸怀
寒冷不过如此
温暖不过如此

梳理发顶
蓝天不过如此
阴霾不过如此

耳膜，不过是形式
云海与风是我纠结的介质
鼓动，与我的心紧紧相扣

地震，是声音，是警钟
抹去踩疼家园的足迹
向上或是向下？向前或是向后？

一百八十度的视觉不能打开我的思绪
新古交替的石墙，正四面围堵
厚实的窗棂仍在加固

揭开面纱，我已不再掩饰曾经羞涩的音容

不再为隐私而彷徨
不再为激进而抑郁

宽衣就能入梦
那宽阔的河流仿佛承托着上千个载体
我不入流，舟不疾驶？

敞开胸衣，裸露出我土地般的皮肤
内心像磁铁，紧紧被光合吸引
躯体像伟岸，在风雨中挺立

2017 年 1 月 18 日

遗　忘

干燥，因为遗忘
那场雪，至今未走
它停留在北方
仍在北方的土地上徜徉

寒风袭来，微微感到慰藉
那是冬天的标志
在无垠的天空，除了雾霾
还有念想

再不能对自己粗枝大叶了
那白杨树枝权上的老鸹窝
及望断天空的遐思
那仅仅是遗忘？

寒冷，那是冬天的固有
除了在寒风中凛冽的喊叫
淡泊，清雅，孤寂，这么稀有？
在无着的内心能否嵌上一层雪白？

干燥，这麻木不仁的世界

一粒粒尘埃在空虚中活跃
青春仿佛是游戏
成长的目光一直盯着镀金的棺椁

不会忘了泥土是孩童时玩耍的最爱
走出去，一辈子终在泥潭中爬行
与环境脱不了干系
与风化的石头脱不了干系

想起萧条，再想起无聊的飞翔
土地之中的棺椁早已作古
万物待发
是否又要奏一曲轰轰烈烈的赞歌？

2017 年 1 月 18 日

帽 子

怕石头碰破头颅
怕担当，怕每日每夜
借助天，借助宇宙
将思想遮盖起来

一片温柔不够
怒发，总会从石缝蹦出奇想
猎奇一件事物，有时容易
有时一塌糊涂

在真空，也能造出绝句
只要世界还成活
总会发生故事
灾难是意外

强加的感受，哭不出来
但能描绘
一块彩布不够
就把世界展开

飞翔，触摸不到，颤音迷惑

有时呈现一道屏障，有时发怵
风景是幻觉
不进则退

一顶帽子，镶满了沉重
鲜花是诱惑
有酥软的热胸
也有穿透心肺的恐惧

2017 年 1 月 20 日

出发吧！去泰国

明白，糊涂
在黎明到来之前

出发吧！去泰国。泰国正值夏日
那里有人妖、鳄鱼、毒蛇
还有人们忏悔的寺庙

糊涂时，向佛祈祷
明白时，远离人妖，去一个
清净之地，观潮，逐浪

南行，去一个苏醒的沙岛圆梦
洗刷红尘，与风沙一起燃烧
载舞，载歌

北往，重复往日的回忆
在喧嚣中穿行，重归自然
与人、与物近距离亲近

出发！出发！沿心的方向

疾驶，跋涉。远方的远方有诗
远方的远方有奇迹

2017年2月2日，夜，于泰国芭堤雅

春天，在沙滩留下脚印

沙沙，春天的脚步渐远渐近
一年一度的春潮就这样在胸膛漫开
在天际，还是一片白云
在大海，浪花与蔚蓝一望无际

一个漫长的黑夜在昨天消失
烦躁，疲倦，空虚，伴着黎明而行
从喧嚣走向无知
从无知走向迷离

梦在冰寒中是一簇花束
在暖暖的异国开着春意
人啊，和沙子一样
被海浪推着，被风亲吻或抛弃

无视昨天，无视未来
无视一场即将瓢泼的大雨
心在沙美岛，听涛声
试图还原一场风平浪静

夜晚平静，海水消退

而狂潮似火，阳欲，阴森
孤独和岛一样，四面触潮
八面临风

在寂寞中环视大海
在幸福中面对潮落
灵像透明的一粒海水
咸里透出晶莹，透出苦难

春天，在沙滩留下脚印
深的是祈祷，浅的是回忆
驻足，一个故事即将沉淀
走吧，海水又将起浪

2017 年 2 月 2 日于泰国沙美岛

春天的景象

当冰花还在草原上绽放
漫天的直白，一语不发
微笑从北往南蔓延
一列列火车，一朵朵白云，飞驰，徜徉
姊妹们！我想知道你们此时的心情
我想和你们一起远行，在春天的景象里
疾走，开怀，奔放

姊妹们，阳刚的花朵即将绽放
我的心和你们开成一片
花儿呀，能否停下你的脚步？
昨天的绿叶已枯，未知的植物刚刚发芽
快走进我的世界！我的世界有一片净土
有一片清澈的天空。去春天寻欢，受孕
犹如驶入天堂

在时空，降生的孩子成长茁壮
在绿园写意，在花丛酝酿
硕果脱颖，新奇倍出
姊妹们！快放下负重
春天在你们的胸膛打开

夏日就要来临，前方有熊熊燃烧的大火

佛光普照，当空又见皓月，漫天又见星光

2017 年 2 月 3 日于泰国芭提雅

早 春

冬，忍耐不住，仍要奔放
我是冬的尾巴，拖拉着大地
不肯向天低头

记不得这是几个轮回
我要把我的念想嵌进去
无论融化或是冻结

总要喘息，那就暂停一下
左顾都市，右盼乡村
我家用一线牵着，风吹不断

和冬挥手，如同向自己的昨天告白
在窗外，有我看到的童年
也有我不想埋没的景象

和春碰个满怀
我不在乎冬天的得失
也不在乎春天的诱惑

漫天雪花怒放

我要趁着上苍挥举的手

一边赶春，一边把昨天找回

2017年2月8日

关于爱情

爱是一个元素，游弋于血液
无关年龄，无关体力
无关渐渐衰竭的灵魂

风在走，被风吹白的发丝
不能和阳刚并齐，尽管有豪言
也不能顺风顺耳

花随季节复始重生
在严寒里，也有不低头的树
譬如，腊梅的骨头

雪能见证不死，尽管有牺牲
天使毅然奔赴
哪怕残留一地直白

皓月当空，那是终结的出口
没有妩媚，也就不去想象
也就不去献身

酒燃烧，无关男女

只要燃烧，有纯粹
也有余烬

色即空，空空虚虚
有色的世界，不空
不虚

聚财，聚精神
人是符号，捏造的富有
与纸一样

万事皆空，有气就有生命
爱是一团火，燃烧着
也熄灭着

2017 年 2 月 8 日

相 信

我相信眼睛胜过相信耳朵
尽管有时眼睛禁闭，但我的视野里
早已锁定了远去的目标

我相信判断胜过我的习惯
尽管我不犯浑，但我的思想里
早已镶进了涅槃

我相信自己胜过相信圣人
尽管我是一粒微尘，但我的灵魂里
早已注入了金子

我相信自然胜过相信世界
尽管终有一死，但我的意念里
早已嵌满了化石

我相信静止胜过相信莽行
尽管时光飞驰，但我的远景里
早已是一片荒芜

我相信生死胜过相信爱情
尽管前途光明，但我的假设里
早已是一片混沌

2017 年 2 月 12 日

或 许

或许，天已开明
阵痛后，忽而清醒
下雪了，迟来的雪
谁还对官方的预报质疑？

每年都有结束与开始
春是符号，风能剖析混沌？
恍惚是过去式
或许是清醒的开始

天空，酒色婆娑
一片雪花落地
一个灵魂起舞
车的奴隶，金钱的奴隶

一场雪，犹如一场洗礼
在明暗的路上
一簇人悲愤
一簇人欢喜

雪，潜入黑夜

刺疼了鬼
粉饰了空旷

也许明日大雪封路
也许明日天空清澈

雪，祈祷的影子
飘落着，融化着

2017年2月21日，雪夜

一颗恍惚的星星

黑暗之中，一颗恍惚的星星
似一块石头，似一双眼睛

苦难的星星啊，万里之遥的感知
梦境，狂言

从朦胧到成熟，从变质到升华
饮酒，赋诗

下雪了，起舞吧
荒诞的现实，缠绵悱恻的情感

囹圄之中的梦啊
暴戾地活着或是安静地死去？

苍穹之下，蚍蜉与我
顺应天理，走阳道

光啊，内心的凝练
黑夜的眼睛，出鞘的利剑

旭日东升时，一个念想模糊地消失
夕阳西下时，又一个憧憬升腾

一颗星星，从雪里下凡，入阡陌、无知
在恍惚中沉吟

2017 年 2 月 12 日

时　空

物质，生命，时间
振动，概念，轮回
时空里有马，有飞蛾
还有与我不相干的假设

我在时空
循着时明时暗的隧道
乘着太阳船
哼着小调驶去

年轮是生命存在的标志
有念想的时候有年轮
有年轮的时候
我仅是一个符号

我在时空
赶着年轮
假若仅有的念想走失
我亦不复存在

2017 年 3 月 8 日

水的孩子

太阳往北偏移
水的孩子，有的出走
有的还原成尘埃

习惯已是断头台的标示
落地的箫声，时而振作
时而昏沉

水的孩子，长成荒芜的模样
一旦成型
世界难逃厄运

起来吧！振作起来！
孩子们聚集成掘墓大军
与往日诀别，与明日接轨

在水里，没有死的概念
无论干旱与潮湿
只要有心有肺

太阳向东，有一巨大的照妖镜

太阳向西，重入梦境
太阳直立，一个划时代开始燃烧

2017 年 3 月 8 日

无　形

无形地移动
无形地想象

一场洪流，路过心，飞沙走石
触及，碰撞

一棵草长于悬崖
一颗心没于风尘

想象石头的传说
想象崖柏的罹难

有天崩地裂，也有风和日丽
有风云飘摇，也有世情恬淡

迁徙，不停地迁徙
征途，再征途

在无形的路上放马
在无形的路上集石

呼吸时，画猫，涂鸦
闭目时，辟谷，释怀

2017年3月11日

宽窄巷子

在熙来攘往的人群，没有宽窄
尺度像拥挤的墙，有情操
有市侩

假设排列成成栋的高楼
大风刮不进来
有诗意的古墙有念想

行为艺术已经演变
弹唱一首歌，表述一段心酸
烹调一只鸽子，怀念一个生命的挣扎

走进去，遮掩不住的肠胃
巷内，有恬静，有即将逝去的记忆
纷杂而来，忧伤擦肩而过

炊烟，香气
残忍，怒火
买卖，欲望

宽窄巷子，短暂的臆想

走进去，与童年诀别

走出来，不想长大

2017年3月15日于成都宽窄巷子

演 变

山川移变，城乡布局
潮流中的我
回归于旧

静止，移动，一条生命线
脚下的尺度温热
眉际的视野拥挤

耳边，都是弦外音
马在原野，牛逆来顺受
我在城池做戏

远方的远方有震响
一次震动如斯
一声炸雷梦醒

与心接壤，还有万千亩贫瘠
与血通流，还有千万万里程
与希望并轨，还有无限个残梦

出走，远行
触摸大山后
与河川并弯曲

2017 年 3 月 15 日于成都

华 年

华年，万物复苏
花开舞人，青春不逝

漫步，徜徉
草木生花，落地有声

一首诗的壮举，从心流动
流经四季，流经丹田

花舞人间，芳香四溢
一朵花开出诗句，千朵万朵聚成诗行

粉饰，熏染，不能为我
尘世溪流，为谁而动？

潺潺流水，流出诗情
与鱼儿共舞，与水合唱

有花的世界有花落幕
有草的世界有我存在

草木啊，我是水的使者

我能为死而来，也能为生而去

2017年3月17日早晨于成都

我来了，在海边

我来了，在海边
我缩成一粒沙子，被风
卷着，被浪花推着

在岸边，我把心撕成一片一片的纸鹤
逾过海，逾过万米高空
把念想，把希望，洒向河流，洒向大地

走着，走着，我走到了天涯，走进了浩瀚
此时，我与天一样高
我与湛蓝的海面一样不平静

海啊，你每一粒由苦涩聚成的海子是我的灵魂
在风浪里，我听到了呻吟
听到了巨大而悲壮的怒号

我陶醉于一次次由远而近海水掀起的波澜
在风里，我想与大海凝为壮举
我为生而震撼，我为死而自豪

此时，我与沙滩一起舞蹈

在那一望无际的大海上，我又将起航

趁着光亮，乘着浪花扬起的音符

2017年3月27日于三亚蜈支洲岛

树，风

树，弓着腰，掀起了风
风，怒号着，撕断了树
一个人在路上，拾遗，锁梦

路狰狞，路恍惚
在黑白之中，树横倒
风，不止一个方向

大风犀利，飞沙走石
我与蚂蚁，在时间的狭缝
悲愤，欢愉

金子染上污垢后
远方有马道，远方望不断天空
草枯萎又生，乌云散了又起

光阴惨烈，不堪回首
空虚，断想
绵延的生命河

风起，树立
通往胜景的路上，有光
有彷徨，有隐隐作痛的思念

2017 年 3 月 31 日

转 弯

在中原，春天不温不火
在南方，气候骤变
一旦火燃烧，有人窒息
有人跳海与心一起冲浪

咸是海的外表
而我内心苦涩
是海遗弃了荒漠
而我，就在起潮的海岸

选择远方，与天际毗邻
在海边，沙能起舞
偎依孤石，我也能将心裸露
与蔚蓝一起畅想

奔波，驻足，观望
海有海的欢愉
浪花有浪花的伤痛
一旦入海，我的心绪依然倾吐不止

北来南往，无常反复

北方有黄土，南方有孤石
风云幻变，我是行者
乘风，破浪

掉头，行走，转弯
不在潮流，不计过往
在原点，我有极大的困惑
在远方，我不想回头

2017年3月29日于海口

电　话

铃声响了，是她
她说冬天的寒雪
如同我的气息

电话振动，拿起才知道
话语里流出芬芳
她一放手，足以将我毒死

电话铃不停，像酥胸振动
她像是示爱，又像
是给我布设陷阱

习惯了遐想，总想用笔撰述
一边写现实，一边
用石头承重

了断电话，了断一生
她成木讷
我成为石头

阴阳相隔，生死不明
也许，风雨是使者
爱恨，有来有去

2017 年 3 月 30 日于合肥

致清明

恍如幽梦，萌芽花盛

人融融，物静静

稍风，心房吹动

阅花开花落，几何人生？

草木遍地，朦胧魂灵

一草一木，众彩纷呈

致清明，拜上苍，叩九泉之灵

清明，雨纷纷

天地灵应，人间抒情

2017年4月4日清明节

饥 饿

抽空腹胃，才知道饥饿
活着，是为了填空
攫取，夺命或做强盗

空荡，荒漠
唯有时间存活
沉重摇摆，长河肆流

苍穹，花草，粮食
日子不会苟且。我是虚无的化身
在空荡中走走停停

时间锁住了前世、再生
喧嚣催生了绝望
奢华创造了饥饿

无论是生是死，空空行囊
体验生时，不仅自己存活
触到死时，已置身荒外

昏沉，初醒，大白
想到夜空里的繁星
似乎能听到土地的哀叹

2017 年 4 月 10 日

心与路一样漫长

心与路一样漫长，走着走着
负重落地。成熟之后
头颅圆滑，肢体在世外

有人说，立面镜子，内外光照
也许统计错误
该去的去，该散的散

标杆有尺度，有底线，有分量
物与事不同，有时能颠倒
有时能将人焚毁

记忆像藤，缠着头皮，刺痛神经
一世有花开，有呼吸的绿叶
茎无情，摇曳发热

想象中的情人，肉体像玻璃
爱是红线，有色就有背叛
坟墓是花朵，有情人不为开放

断头路不止一条，有荆棘的在延续
顺畅无阻到悬崖，哭无动于衷
笑将掀起一场风暴

2017年4月18日

弥漫之流

一股潮流，从躯体弥漫
或排斥，或接受
糟粕之水，流于心
淫欲于灵魂

一股势力，四面排开
或抵制，或渗透
糜烂之风，由远而近
在光亮中撕裂，散于角落

富贵与贫贱，灵的感知
要么做人，要么做鬼
意识之流，凝固成石头
荒漠，由此扩大

站立是气概，倒下是懦弱
行走不论死活，名利交替
麻痹是战栗的开始
睡美人，睡一地糟粕

打坐，还我一池莲花

祈祷，还我一处江山
我有九千亩玫瑰人人可取
我有九千条河流人人可渡

风，呼呼而来
雨，哗哗而去
我有四季之风
我有四季之水

2017 年 4 月 29 日

初 心

你是一块脆弱的薄冰
含在嘴里，最初的你
化了，慢慢
浸入我心

最初的你，冰凉
可是，你化了
一颗晶亮的心，就这样
被我俘虏

你，我不想占有
可是，你就要逝去
你是四季里的一股风
你是草原上即将过冬的一束花

没来得及爱，你就走了
来时，你像一股溪流，走时
你像一团迷雾。我多想
抱着你，含着你

可是，可是，你真的走了

你的背影是我吻过的伤痕。你的气息
你那活泼的灵魂，深深扎进我的心地
你是我的，你就是我的

爱，爱，一块薄冰
化了，化了，化得空无
我想，幸福是灵肉做的
哀伤，是冰冻的一块基石

2017 年 4 月 29 日

天 空

天，并不空
空的是满天的星辰
空的是一地的鸡毛

天，并不虚
虚的是一世的浮华
虚的是一生的奢求

天很圆
圆得像一粒尘
圆得像一张嘴

天很方
方得像紫色的银河
方得像通透的圣体

天，像一张纸铺开
云里雾里，字密密麻麻
有伤痕，有祭奠

生死轮回，黑白交替
一地的鸡毛，经风
吹起来……

2017 年 5 月 2 日

厚 度

时间像只空瓶子
唯有与寂寞对话
你在瓶子里
我在寂寞里

爱被寂寞腐化
剥掉遮掩，只剩你
一千多公里的厚度穿不透
有人说思念像石头

孤独像一盏灯
有亮光的地方有寂寞
想你想久了
灯也就熄灭了

一只空瓶子容不下你
有空隙就有你的影子
夜空阔，越寂寞
思念越浓

2017年5月5日夜于成都双流机场

快乐，从天而降

快乐，从天而降
快乐，从一杯酒开始
快乐，涌入诗的海洋

厦门，你像一只雄狮子
吼着天歌，舞着云霞
招来了北国的期盼、中原的风情

夜，打开了厦门
枕着酒香，枕着一年的春梦
我们彼此想着你和她

厦门，你像一棵香樟树
我们躺在你的怀抱
又开始了梦游

黎明，我们快醒
夜晚的风吹过了额头，吹得你我
像坐在轿子里，晃悠悠，幸福着

毗邻大海，我们想了一夜

海是我们的血液，海是我们的明灯
它向我们召唤，它在引领着我们

2017年5月12日早晨于厦门

我听到了涨潮的声音

潮起潮落，心跳起伏
一个巨人，在黑暗中苏醒
海，内心的恐惧
步履，不知不觉
在黑暗中，在一个即将沉淀的寂静中
又一次发觉

海啊，请宽恕我一生的盲动
遥远，就在眼前
我的一生犹如海面
有时，平静
有时，波涛汹涌

几何时，我能重蹈此地
与海一起倾诉
几何时，我能释怀
把内心的思缘放送？

海啊，我内心干渴的湿地
你具有的轮廓是我一生的期盼
不要你承诺，不要你赏赐

我要与你一生相依

星星点点，那是我的企及
我只求自己是一滴水
只求清澈
只求为人所用

陆地，我进取之心
包容在海里。那微微一颤
牵动我心
牵动我的灵魂

我想崛起，想起海浪
想起潮起潮落的心境
我要与天一起放歌
与大地一起怀念

2017 年 5 月 13 日于福建六鳌翡翠湾

凤凰涅槃

父母赐我基因
大地赐我灵魂
海天一色
生命空灵

在希望的路上，我有无数个孩子
姓男，姓女，姓千万万个快乐
在绝望的路上，我只有自己
死去，活来

母亲送我一程，我去云外
云说：飞吧，外边的世界精彩
然我是因子，是一粒粉身碎骨的风尘
空，注定我漂泊；色，注定我落寞

海啊，我一颗带血的心愿能否融入？
天啊，我一腔空色的热泪能否飞溅？
大地于斯
长河于斯

回来吧，快回到生命的初衷

天地浩渺，臆想无界

结束是终止

幻梦是阴阳界里的凤凰涅槃

祈祷吧，生活是一首唤魂诗

阴阳界里人来人往，雅俗交织

起风了，风能掀起巨大的海浪

下雨了，雨能将暴戾的贪欲湮灭

2017年5月15日晚于福州长乐机场

大 鸟

离开鹭岛
一只带伤的大鸟跃起

云中，心在颠簸
大鸟将要落地

光反射，一群饥渴的人围堵
中原像只雄狮子

灯是狮子的大口
黑夜无不贪婪

2017 年 5 月 16 日

捉迷藏

躲进树缝，躲过了追逐
一双眼睛望着你
凝神，注目
一个呆子忘情
是雨救了你

木讷之水，焦虑
你是执笔的人，任性
泪一涌再涌
两滴水珠附上草
一滴是爱，一滴是殇

折断风，折断了翅膀
急流汹涌，暗伤沉浮
没有眼睛的天像女人
男人用肩膀扛着黑夜
稍有风吹，初夏顺势而来

你是一块白骨头，总跟肌肤摩擦
一旦遭遇水火

你会挺起胸脯，像山一样

挡住暗川，驱散乌云

茫茫上苍，林子疯长

2017 年 5 月 25 日

子 弹

我不留意胸膛里射出的子弹
但我留意敌人的反扑
虽然有时伤及无辜
但，无辜的敌人极为可怕

我不留意流泪的子弹
穿过心脏的弹孔很难弥合
一旦纵情放任
石头也会破碎流浪

在血流中，我在乎高潮
低落的人虽然温柔
但他（她）经不起诱惑
经不起再次袭来的搏击

我不留意直射的子弹
但我留意子弹拐弯的方向
无论有无伤害
我首先想到的是前进

2017 年 5 月 25 日

鱼 市

一夜的风无助
一夜的温柔没有催眠
等来的鱼市
开始贩卖焦虑

雨天，我想沉在水里
说梦话，絮叨不着边际的预言
与鬼为伍，随波逐浪
化山为水，努力做神仙

臭肉也来混世
我不沾腥，难以想象刀刃的残酷
一不做二不休，做鬼
做不善言语的木头

风是夏天的克星
雷不助我，雨不助我
为了赶生，我还是潜在水里
与鱼儿一道，逆行，苦渡

2017 年 5 月 25 日

端午

滔滔江水，生命激荡
汨罗江流淌着风骨
钱塘江汹涌着冤魂
铁打的岁月啊，一年一度
艾草，粽子，龙舟

风云，继往，龙的传人
寻着艾香，我站在了山的高度
食着糯米做成的粽子，我魂飞九天
赛龙舟，激情一浪高过一浪

是气概是诗撞开了心的屏障
精神，不论贵贱，不论贫富
历史的江河，汹涌澎湃
屈原，伍子胥，刚毅的雄魂

端午，雄魂涤荡，诗开篇
一年一度，我沉浸在伟大的壮举里
一年一度，我把酒咏诗
一年一度，我在如火如荼的夏风里

2017年5月30日端午节

我快乐着，疯狂着

我快乐着，疯狂着
飞机，高铁，不愿落地的石头
酒，苦楚的蒸馏
行进，欲望的沉淀

一根骨头，打碎了情感
狗，与人为亲
掩埋黄土，城市像一根蜡烛
火，水的誓言

我是一个会说话的哑巴
只能用笔祭奠
花不饰木，我不饰人
果不入食，我不入土

天，快赐我一根雷针！
我想驾雾腾云
地，快赐我一根魔杖！
我想出使地狱

我快乐地活着

直至疯狂致死

2017 年 6 月 1 日

老 井

老井堆满了骨头

我出远门

它没了踪影

老井像颗星星睁眼望着我

无论到哪儿，有骨头的地方

就有我的眼泪

老井像棵稻草

冤屈时能停下脚步

幸福地张望，或痛苦地离去

老井不羡慕江河

它有一个希望，无论老死

或者奔流，它都能将根留下

在井里的过程也是我修行的经历

只要能看见天

我就能吐真言

老井是我前世的化身

无论到哪儿

我都有一串干涩的思念

2017 年 6 月 7 日

那人，那山，那河

那水，蜿蜒，流淌
内心翻滚
逾越万重山
游弋成亿万个精魂

那河，似一匹野马，似一条彩虹
流经感伤、失意
一只流动的笔，冲刷
撞击着长夏

那山，已蹲成孤独
松柏，磐石，溪流
亿年画卷成风骨
不衰的木，不朽的人

那人，与山毗邻
尽管季风摇曳，浩瀚之中
总有一场孤苦的雨，从心迹涔出
凝聚，漂白，蒸发

2017年6月11日

杏的王国

杏的王国，酸甜的夏天
我的嘴唇，贴向蔚蓝

一场雨冲垮我的脊梁
唯有酸楚能将我扶起

杏花是我的感伤
杏成熟的季节也是我逃离的时候

杏的王国，我是国王
我祭奠陨落的花及被我蚕食的果子

雨过总要天晴，杏的贞洁被土掩埋
我的誓言成为泡影

我的罪恶在脚下，也许白云是巫师
一场雨过后，她还会出现
杏的王国，国将不在
我的嘴唇，贴向蔚蓝

2017年6月11日

诗的孩子

在幸福里张狂
在孤独里生涩
在自然中，我成为诗的孩子

姊妹们，我将成为你们的音符
在玩世不恭的世界里
温存，激荡

我用十指张开的莲花包容无知、自私
我用尚未启动的子宫再缔造一个世界
纯情属于自然，属于天真

我无法用声音倾诉
我无法用感官描绘
我无法使用诗的语言

兄弟们！快随我一起涌入爱的洪流
无论是否与姊妹们配偶，只要我们
顶天立地，只要我们温情似水

来吧！幸福是一粒粒沸腾的因子
孤独像一座山，伟大而陌生
诗是万千个孩子堆起的童趣，快乐并忧伤

2017年6月14日

黑夜，我无家可归的孩子

黑夜，我无家可归的孩子
茫茫人海，我只能用我干瘪的乳房喂养你
一旦黎明降临，你比黑夜更惊慌

白色之水，浑浊之水
来之汹汹之洪流。即使阳光逃离
我也不能改变你滚动的节奏

多好的河山！
是什么缘由将你遗弃？
是什么缘由使你放纵？

黑夜，我无家可归的孩子
你的臆想漫无边际，你的行为放荡不羁
来吧！来我的高山静默，来我的平原深思

你是灵的化身，昨日纵情无度
今日格外婉约。你愿舍弃你的身首？
你愿摈弃你的未来？

淬火之中出炉的利剑啊

当你削铁如泥，黑夜中的孤苦算什么？

你能化斋，也能重塑一个崭新的形体

2017年6月16日

情是沸腾的因子

酒使我逃离了一场情殇
情是沸腾的因子
我沸腾，忘乎所以
欲飞，欲沉落

是谁在召唤？
我幸福的思念如潮水
肆意的洪流似野马
我诱惑而空阔的黑夜啊

想一个人空落
度一个世界迷惘
我是沸腾的因子
如醇，如酒歌

遇见你，像遭遇一场情劫
无奈之火，漫过胸腔
黑夜中的都市，似魔城
似一座摇摇欲坠的星辰

我在星空，住进你的幻梦

你在我的灵魂，边沉醉
边勾勒另一世界。这银河
只差一步，又隔万里

暗夜，我苦渡的温床
梦里只要有你
我会将你当作画笔
日日夜夜辛勤地在我心上刻画

2017年6月19日

歌，从春天唱起

歌，从春天唱起。一阵风
吹过麦浪，吹过原野
炽热的心旷，开出花
结出硕果

夏日是先锋，汹汹来袭
老者在田间默默祈祷
少者在原野踟蹰前行
一茬一茬的夏火燃烧起来

来吧！来我的火热心田
我在九天云间漫步
正在孕育一场旷世瀑布
我要一倾万里，清流四野

想到蒲公英，想起远方的漂泊
那胸腔积攒的诗情快意
一条长河横流，草木悠悠
风在颤动，血在湍流

歌吧！撕裂咽喉放唱

风里雨里，那抑扬顿挫之音符
依稀有雷鸣闪电
河水滚滚，汹涌东流

走吧！去暗夜沐浴一场流星雨
正观天伦，忽视灾祸
天河里，有无数道光
爱幽幽，路漫漫

2017 年 6 月 26 日

请不要……

请不要为夏天定义
夏天是紫色的，像凤凰
每一根羽毛都涂有激情
一旦着火，都会飞翔

请不要为夏天渲染
夏天饱含青涩，漫天青翠
每一片绿叶，每一个青果
都那么酸甜，那么富有朝气

请不要为夏天点缀
夏天像粗犷的男人，挺拔矗立
每一根枝条，每一条根须
都紧密筋骨，深扎黄土

请不要为夏天着装
夏天像妩媚的女人，风情万种
每一缕夏颜，每一处荧光
都飘扬着花絮，奔放着快感

请不要为夏天掩饰

夏天是饕餮的盛宴，无须展开
每一席佳肴，每一杯甘醇
都拥含诗情，都拥含诗意

请不要为夏天歌唱
夏天像一曲悠扬的歌，无须点缀
每一句歌词，每一个音符
都激荡着火热，散发着宽广

2017 年 6 月 26 日

你是我的寂寞

你是我的寂寞
有你在，我就是寂寞的化身
为了你，我与寂寞相依

寂寞像张大床
我用肉体埋着你
为了梦，我不得不走

黎明是寂寞的孩子
也是我俩的亲骨肉
为了不寂寞，我们只好放弃

白日是寂寞的火球
有你在，火球就不熄灭
为了火的誓言，我甘愿焚化

黑夜是寂寞的坟墓
有你的体温，我就躺在棺椁里
观星，读月

你是我的寂寞，海水围着你
只要你不淹没，我就化作一叶扁舟
向你划去

2017 年 7 月 1 日

草在张望

天空给予不了过多的食粮
草在张望
鸟是这个世界的邮递员
每次穿梭所带来的
不是抒情，就是尴尬

夏日的颤抖足能把风震撼
世间路过的洪流不是巧合
也不是怨恨
雷公替天行道，不说鸟语
直逼黑暗

酷热是上帝派来的使者
无须对季节动刑
无须对生命发威
有惊雷，有哲学
有无尽的倾诉

天空像受孕的少妇
怕风怕雨

稍有雷鸣

就会难产

就会招来无尽的蜚语

2017 年 7 月 4 日

卑 贱

头上一朵花，妩媚，诱人
千里之外约诗，约人
"爱爱，你美，你人比诗美"
"抱抱，捧你吧！"

名利比肉贵
乖乖！这是一个交易的社会
你是诗的情人，要为诗奉献一切

罪孽压制着青春
冰凉的石头啊
风里的尘埃，尘埃里的诗
分行的文字，字里行间的血泪

霉了！霉了！卑贱的诗！
这是什么世道？
海子，你卧轨太早！
海子，你复活吧！
你复活能否把这些毒瘤带走？

诗，酒色财气

顶天立地，摇摇晃晃
诗"江湖"，鱼龙混杂
那一席之地，都是血啊！

诗，横卧的文字能否挺起来？
作诗就做真君子！
诗是针，一针一线穿着疼
义是剑，佩带腰间才英雄

2017年7月5日

想了一夜，不知道想谁

明明是暗夜
我却把它当成了白天
想了一夜
我不知道想谁

明明是白天
我却把它当成了黑夜
忙碌了一天
我不知道为了啥

明明是活着
我却把它当成了死亡
日日奔波，不是为一口棺椁
就是争一寸墓地

明明是死了
我却把她怀念
想她活着的幸福
恨她刺激我的痛苦

2017 年 7 月 7 日

热 度

夏天的热度像一对恋人
粘黏，分开
一旦起风，昔日的仇人
又开始温情

用浓墨抒情
浪漫富有张力
小雨，涟漪泛起情话
洪流，大地倾诉愤怒

雨脱去了虚伪的外衣
雷电未到，水里的浪潮依然翻滚
"哗哗"之流
那是上苍对高楼大厦的撞击

有泄愤的洪流
也有无奈风干的土地
一场雨不能洗刷一个世界
脆弱的笔杆啊，万里乌云落墨

夏天的热度像一对情人

尽管夏风吹拂杨柳，天空飘落细雨
情无须粘黏、结合
草木奔放，自然散发魅力

沙沙沙，下雨了
谁在泼洒笔墨？
世界本来就是一张淋湿的纸
敞开心扉，抒情吧！

2017 年 7 月 9 日

你是我呐喊的石头

突然，我被一万米厚的黑夜撞击
我醒了
北国，大漠
——你是我呐喊的石头

大漠，石头，胡杨林
哪里有我洁白的羊群？
沙漠走散，草原结石
我是那孤苦伶仃的石头

石头是城市的疮疤
夹在哪里，哪里就酷热、严峻
北国有失魂的野马
有行走着迁徙几千年的石头

大漠起风，城市裸露裂痕
无论草原有无白骨
天空依然倾盆大雨
雨里有噪音与喧哗

北国像我先人的头骨

与自然对峙，不少毫毛

如果听到石头道白

我也会继往开来

大漠是石头的眼睛

无论再厚的黑夜

古人能看穿

我也能将城池倾覆

2017 年 7 月 16 日于乌鲁木齐

在光天化日之下

释怀，在光天化日之下
与水火，与怨恨
一字一字地素写
倾诉

保持，坚守，修行
在浑浊的污水里，让莲花
开放，开在盛夏
开在炽热的阳光里

听蝉鸣，辨鸟语
在灯红酒绿的世界
出走旷野
远途跋涉

一山一水，一草一木
一人一世界
世界纷呈
世态炎凉

一个火里的誓言

一个水里的年华
请不要在春天打斗
请不要在严冬终结

世道无常，黎明与黄昏
黑与白交战
一条蜿蜒的河流，汹涌
一块坚硬的石头，滚动

2017 年 7 月 21 日

雪化了

触动，雪化了
你是西伯利亚的寒流
触你
触到了残酷

不尖叫
不激动
风吹，草动
也许，一切乌有

云，一朵飘浮青春的云
年轮些许浮肿
钟情，爱抚
时间不能作证

来我的怀抱
能否躲避尘世的季风？
罗密欧与朱丽叶
秋天即使到了，严寒还会降临

醉了，不能在拥挤的人群醉倒

一日灼烧，一月弯缺
疾风瞬变
不测随时袭来

触动，雪化了
罗密欧与朱丽叶
虚幻，现实
仿佛一股微风吹来

2017 年 7 月 23 日

修修补补的路啊

路，修修补补
过车，过人，过牲畜

我是路的维护者
看天，看日月，看繁星点点

我是路的坚守者
以魂以血肉捍卫

路，阡陌
一弯不直，一直不回头

路啊，我曾经淡忘的路
根，茎，叶，花，果

路，我朴朴实实地走着
那乡村，那一望无际的原野

走着，走着，摸着石头过河
石头磨砺，河水滚滚

在路上，我捕风捉影
找着过去与自己

有一天，我不想回去
成为石子与泥土

2017 年 7 月 27 日

如 刀

如刀，如驼背的树
思念砌进都市的墙
外来树，外来的花草
缠住水缠住了咽喉

生态像老人
老街、老宅、老乡音
新来的面孔不说方言
一张嘴能刮起大风

城乡之间的口舌
像鹦鹉
说人话
但不会大声喘气

一条河是一本书
扉页是堤岸
散步，计数
出汗，逃避

一条路是家门口的记忆

再拓宽，再拥挤
醉了，想回家
清醒时，不想回去

一口气活着，感觉像一张纸
忘了是超脱
想起那棵风烛残年的老树
还要活

2017 年 7 月 27 日

八月，火烈

八月，火烈
老乡们，和平的年代不平和
海陆空燃起大火
家门口的大树疯长
老乡们，沉住气
投掷怒火的时候到了

天边，火红的太阳在燃烧
老乡们，快奔赴大海，开辟广阔
等待的日子火燎
滞留原地，心悬一线
老乡们，威武的战车像虎狼
远方的路直通远方

八月，火烈
红旗在大火中前行
海上有旗帜
空中有怒号
老乡们，将视野放大
天际的雄狮威武雄壮

老乡们，火狮子气吞山河

蓝天里有硝烟

大海一浪高过一浪

明月高悬，雄狮狂放

五千年的雄风滚滚而来

亚洲之狮势不可挡

2017 年 8 月 3 日

你终究是我的

你是我的，你终究是我的
再没有我知道你
你是方的，一燃就化
你是圆的，一滚就飞

五千年的沉重不能说清
然而，土地光芒四射
山川，沙石，风水，故土
一望无际的生命线

声音，不能用火表白
疆土，缩小，扩大
无知，扩大，缩小
方圆，无法丈量的尺度

海阔天空，不能自说
前进，倒退
倒退，前进
由此而生的佛啊

你是一块石头

你是一块不断僵化的石头
方是圆的
圆是尖的

你是我的，你终究是我的
我有苦心，你终究会发现
土里有虫
水里的植物在演化

2017 年 8 月 3 日

风，还在吹

风，还在吹
摇撼大树，牵痛根须
秋，缓缓而来
震动，无常

情是黑夜里的风
有眼睛就有悔恨
秋来之时，水撞击
夏已过，蝉音寒

告之蝉，我在天际
换季之苦，自然横流
地震了，草木太轻
平民不平，国事太重

雨后，吹来了凉风
风轻，云重
黑夜中的野鸭子，迷了路
不上贼船

月儿在天穹
婆娑，游弋
风，吹着
魔幻，物事不测

2017 年 8 月 11 日

那天，天空乱云

那天，天空绽开
巫师的脸像药片
青一片无语
白一片是谎言

七姐妹，多日不见的七姐妹
莫非你们那天要下凡？
翻云似海，无帆的船
你们要驶向哪里？

天高云浓，云要表达
兄弟啊，哪里是你的胸怀？
风无语，谁要泼墨开篇？
啊啊啊，那一张张无情的脸！

诵经，转法轮
无知的天，无知的路
云中闪现上帝的眼
天穹显现佛祖的预言

没有雷电，只听到震响
星辰不见了。无奈的生命
喊姐妹，喊兄弟
谁是黑夜的明灯？

黎明，想起那片乱云
想起青一块紫一块的伤疤
七姐妹想说，兄弟们泪奔
可歌可泣的苍天啊

2017 年 8 月 11 日

远　近

亲，没有远近
远的像一股风，慢慢逝去
近的像一片云，缓缓走来
风云，匆匆的风云

亲，远方的云啊
天要下雨，你回来吧
近处的雾霾正在散去
天要放晴，地要归正

淅沥沥，下雨了
远方的云，沉重的情感
一串情丝落地，泛起涟漪
掀起心胸之波澜

雨过天晴，风又来
亲，远了，近了
远在天边
近在淅淅沥沥的雨里

雨是春天里的梦

跳着跳着，天地一片金黄
火是亲情的种子
燃着燃着，没有了远近

雨是秋天的相思
下着下着，拓开了胸怀
爱是一片纯白
冰冻着，融化着

2017 年 8 月 13 日

山　风

疲劳，被风抛远
山风，我玄奥的骨头
雾里，你时而退却
时而与山比高低
云游，绿色模糊了视野

大九湖，光阴的聚散地
花，卑微
经风后的花，开着
白的泛光，黄的怯弱
红的羞赧。她们不低头
也许是为了我与路人

也许，地平线在这里将要消失
但夕阳终究会在这里降落
驻风了，湖面上波光粼粼
卑微的花草仍在窜动
秋遇湿地，不着眼的蝉在鸣曲

度光阴，身外空无
污泥，杂草，死了又生的植物

沉寂的沼泽，时光的伊甸园
一草一木，一水一土
神农与山，我与草木与远古

2017年8月18日早于湖北神农架木鱼镇

神农架

神农架，野草，野树林
下雨了，屏住呼吸
驻车，与花亲近
心浸透，情漫草木

雾是我宠坏的情殇
在陌生的路上，我犹如羔羊
喘着粗气，为自然
申诉，祈祷

在异乡，我置身世外
臆想，奔放
我是上帝的一滴眼泪
我是草木滑落的一缕光

在雨中享受静谧
饮酒，沉思
微醉的旋律，朦胧的颤音
直白，灰暗，忧伤

雨，下了，又停

一条河在瀑布的怒涛中流淌
一条路通往远古
一条路通往现实

神农坛，野人谷
过往，毁灭，再生
急功近利的现实
忐忑不安的未来

2017年8月16日于湖北神农架

心 病

咽喉与食道之间有个结
不足几厘
它承载着生命
延续着使命

有时，季风会横扫一处
尽管呐喊无力
而矗立的年轮，还会飞转
还会将世俗打碎

感官，自然，窗口
风雨莅临
缺失，悲欢，躁动
在风口，选择自如

发音是震动，是时间崛起的起点
物欲是业障，在天地之间
灵性忽有发现
忽有灭失

眼是心灵

东西南北中
卑微，高大
没有方圆，也没有终止

食道，世道
明暗，是非
不拘小节地活着
正大光明地死去

2017 年 8 月 22 日

时间的十字架

时间钉在了十字架
出走之时，太阳，庞大的人群
站在城池的高处，向世界
祈祷

古帆船，由东往西，由西往东
历史沐浴于风雨
哥伦布，郑和，冒险的航海家
从无知到博大，从博大到终止

上帝的情怀从生死开始
战争，文明，掠夺，巧取
内心砌筑的城堡像滴血的十字架
钉在厚实的墙上，钉在虚伪的忏悔之中

风雨之狮像长河，像大海
无畏无惧，无所不往
碰撞，对立，融合
内心犹如广袤的天际

生不是祈求，死是再生

茫茫人海，众生似草木
物质与精神，信仰与平庸
月月年年，分分秒秒

过去犹如大海上漂泊的一艘航船
航行着，洗礼着
明日的海岸像一座庞大的十字架
凝视着，忏悔着

2017年8月24日早于西班牙小城梅里达

加泰罗尼亚广场

鸽子，群飞，群落
和平鸽，和平广场
从加泰罗尼亚小城雷乌斯走出的安东尼·高迪
遍布西班牙，矗立着他一个又一个杰作
鬼才，艺术，音乐，商品，悄悄在兰布拉大街
拉开，漫步，流畅

享誉世界的圣家堂
从耶稣被钉在十字架的警钟响起
战争，和平，信仰
东西南北中，耶稣的降临
从地平线到宽阔的海洋
从天堂喷射的光芒渗透地狱

地狱静寂，正义之剑刺痛了世界
面朝大海，五洲震荡
凝视蓝天，四海翻腾
一生丈量走不尽的路
宽窄是内心，高低是思想
涛涛声浪掀起崇尚高潮

为什么风雨在音乐中停止？
为什么纷争在祈祷中湮灭？
波涛之中的平静啊！
有一扇门打开，就有一扇门关闭
和平之鸽在天空飞翔
亿万忐忑之心在蹦跳

2017年8月27日于西班牙巴塞罗那

你在云层看世界

你在云层看世界
下雨了，你总想飞到人间
一场雨过后，彩虹又回到云层
你有什么话要说？
看到蓝天，你解不开内心

云走来，银河的仙子模糊地站着
你飘飘欲仙，时而沉醉
你超凡脱俗，总忘乎所以
风退去，你要走
你要去何方？

云是一道符咒
盲动的遐思晃来晃去
你悄悄地来，轻轻地走
你看到的蓝眼睛
是一道光，是极具野性的诱惑

你在云中走来走去，云缩成一团
你成为一个符号

水上有一团雾，天上有一道迷津
云层下，一群一群的野狼正狂奔
一群一群的大象在踟蹰

2017年8月30早于西班牙格拉纳达

上帝的孩子

一股风，坚硬
一股风，柔弱
狮身，人面
人面，兽心
上帝派来的孩子
征东，征西

十字军，英勇的骑士
信仰，欲望，权势
掠夺与巧取，高贵与卑贱
红河，白骨
都是上帝的孩子
都想亲近上帝的嘴脸

耶稣，上帝的使者
拯救，受难，致死
庄严的十字架，滴血的警钟
祈祷，救赎
上帝的子民，于尘世
于水深火热之中

旭日东升，夕阳西下
滚动的地球
寺庙，教堂
理想，信仰，人心
都是上帝的孩子
生是归来，死是归去

2017年8月25日于巴塞罗那

一团云

一团云，飘着
雷鸣电闪后，碎了
起风了，红尘起
云中流言飘东飘西

从东向西有时差
差万里，差黑白
信奉上帝的人往东
替天行道的人往西

一路有风，有雨，有苦涩
水左右移动
火上下燃烧
黑土地上长出奇迹

天穹降落陨石
一把驱魔之剑血红
上苍怒吼
何时苍穹透彻？

总想感动

总想滞留在天的上空
当触及耶稣滴血的眼泪
一种亢奋，一股怒潮势不可挡

一团云，缭绕
一双眼睛移向窗口
一座十字架，指向迷雾
拉响警钟

2017年9月5日

图书在版编目（CIP）数据

无法在一首诗里陶醉 / 米成洲 著． -- 北京：作家出版社，2017.12

ISBN 978-7-5063-9800-8

Ⅰ．①无… Ⅱ．①米… Ⅲ．①诗集 - 中国 - 当代 Ⅳ．①I227

中国版本图书馆CIP数据核字（2017）第310745号

无法在一首诗里陶醉

作　　者：米成洲	
责任编辑：宋辰辰	
装帧设计：意匠文化·丁奔亮	
出版发行：作家出版社	
社　　址：北京农展馆南里10号	邮　　编：100125

电话传真：86-10-65930756（出版发行部）

　　　　　86-10-65004079（总编室）

　　　　　86-10-65015116（邮购部）

E-mail:zuojia@zuojia.net.cn

http://www.haozuojia.com（作家在线）

印　　刷：三河市华业印务有限公司

成品尺寸：152×230

字　　数：101千

印　　张：16

版　　次：2017年12月第1版

印　　次：2017年12月第1次印刷

ISBN 978-7-5063-9800-8

定　　价：36.00元